Das Buch

Carl Zuckmayers Prosastück ›Auf einem Weg im Frühling‹ zählt zu den schönsten Beschreibungen erlebter Landschaft: Ein Föhntag im beginnenden Frühjahr, im Schatten spürt man noch die Schneekühle, das gleißende Föhnlicht schmerzt in den Augen ... Einem vorweihnachtlichen Aufenthalt in Salzburg verdankt die Stegreifgeschichte ›Wiedersehen mit einer Stadt‹ ihre Entstehung. Spontan erzählend holt Zuckmayer die Henndorfer Bauern aus der Vergangenheit, kehrt zu seinen Anfängen zurück.

Der Autor

Carl Zuckmayer, geboren am 27. 12. 1896 in Nackenheim/Rhein, emigrierte 1938, lebte seit 1958 in der Schweiz und starb am 8. 1. 1977 in Visp. Er schrieb Dramen (›Der fröhliche Weinberg‹), Erzählungen (›Die Fastnachtbeichte‹) und eine Autobiographie (›Als wär's ein Stück von mir‹).

dtv großdruck

Carl Zuckmayer:
Auf einem Weg im Frühling
Erzählung
Wiedersehen mit einer Stadt
Aus dem Stegreif erzählt

Mit 11 Zeichnungen von Anton Steinhart

Deutscher
Taschenbuch
Verlag

dtv

Von Carl Zuckmayer
ist im Deutschen Taschenbuch Verlag erschienen:
Henndorfer Pastorale (1036)

Ungekürzte Ausgabe
1. Auflage Februar 1979
4. Auflage Februar 1986: 29. bis 33. Tausend
Deutscher Taschenbuch Verlag GmbH & Co. KG,
München

ISBN 3-7017-0103-2
Umschlaggestaltung: Celestino Piatti
unter Verwendung einer Zeichnung von Anton Steinhart
Gesamtherstellung: C. H. Beck'sche Buchdruckerei,
Nördlingen
Printed in Germany · ISBN 3-423-02518-2

Auf einem Weg im Frühling

Als ich gestern, am ersten warmen, fast heißen Tag dieses Monats, über Land ging, sah ich am Rand eines frisch umgepflügten Akkers ein Paar Schuhe stehen. Sie standen neben dem alten, verwitterten Feldstein, der die Grenze des Ackergrunds gegen die benachbarte Wiese kennzeichnet, dicht beim ausgefahrenen Weg, es waren grobe, zerbeulte Bauernschuhe, in denen zusammengerollte Wollstrümpfe steckten. Gleich darauf kam der junge Bauer, dem sie gehörten, die Furche entlang geschritten. Er säte Hafer und ging mit nackten Füßen einher. Sein Schritt war weit und in den Knien etwas wiegend, ich sah, wie seine Zehen leicht vortastend den feuchten Ackergrund berührten und wie sich der Lehm an seine Fersen hing. Am Weg hatte er in einer hölzernen Scheibtruhe den gelben, großkörnigen Samen stehen, den füllte er mit einem Scheffel in seine Hemdschürze aus weißem Leinen, die er linkshändig geschlossen hochhielt, bis sie sich wie zu einem runden Sack prall spannte. Dann schritt er die Furche aufwärts – der Acker stieg in einer leichten Wölbung zur Hügelkuppe an, auf deren anderer Seite er sich wieder bergab senkte – und warf mit gleichmäßigem Schwung der Rechten die Saat aus. Da er den Wind schräg gegen sich hatte – er zerrte sichtbarlich in seinen braunen Haaren –, und da er auf die volle Sonne zuschritt, leuchtete der Samen, den er von links nach rechts ausschwang, jedesmal in gloriolem Glanze kreisförmig in der Luft beiderseits von seiner schmalen, aufrechten Gestalt. Je höher er gegen die Kuppe kam, desto lichter und flüssiger wurde der Farbton dieser wehenden Erscheinung, desto klarer und scharfrandiger die Zeichnung ihrer Linie. Ja, als er in seiner ganzen Größe gegen das Licht stand und gleich darauf schon seine Beine, bergab schreitend, kürzer wurden, bildeten die nunmehr goldentflammten Körnerschwünge auf dem Scheitel ihres kurzen Windflugs einen schief ellipsoiden Achter, dessen Ringe rechts und links von seinen Flanken schwebten. Ich wartete, bis er zurückkam und den Weg in der nächsten Furche neu begann. Die Figur wiederholte sich in einem fast pedantischen Gleichmaß, aber diesmal bemerkte ich genau, wie der eigentliche Fall des Samens aus der Lufthöhe zu Boden niemals gleich war und niemals auch nur ähnlich, sondern jedesmal, offenbar nach Gewicht und persönlicher Veranlagung des einzelnen Saatkorns, in verschiedenster Schnelligkeit und Kurve geschah.

Im Weitergehen versuchte ich zu »arbeiten«, was ich im Gehen immer tue, soweit man eben solch lustvolles Fabulieren, halbversunkenes Abtasten von Gedanken- und Vorstellungskreisen, das unserer eigentlichen, selbstbegrenzten und hartnäckigen Arbeit vorausgeht, mit diesem strengen Wort bezeichnen kann. Aber es war wohl zu warm und der Luftdruck zu schwer, »Föhnlage« hieß es im Wetterbericht, ein Freibrief des Faulenzens für klimatisch sensible Naturen. Die Gedanken zerlösten sich, wallten wolkig durcheinander, und auch die Eindrücke der Umwelt banden sich nicht mehr zu anschaulicher Erfaßbarkeit. Die Hahnenbalz fiel mir ein, die jetzt bald aufgeht, die morgendlich dämmervollen Waldmärsche zum Aufspüren, Anlauschen, »Verlosen« des Auerhahns, und ich machte ein sogenanntes Gehgedicht, das keine andere Funktion als etwa die eines Militärmarsches hat, nämlich härtere und etwas stumpfe Wegstrecken zu erleichtern, und das nie ganz fertig werden darf, damit man es immer wieder aufgreifen und nach Belieben damit herumschmeißen kann. Diesmal war es ein Jägerlied und hieß »Der Schwarze Pan«. Das nächstemal könnte ich es aber vielleicht »Schwarzer Päan« nennen, und dann bekäme es einen ganz anderen Inhalt. Gestern ging es so:

»Jetzt heißt's: den Hahn verlosen.
Schon fegt der Bock im Holz
Und funkelnd mit den Rosen ...«

– das sind die grellroten Balzrosen an den Kropfseiten des Hahnes. Und nun müßte eine längere Verszeile für mindestens fünf Schritte kommen, auf Holz reimt Stolz in allen Liedern, und in der das schwarzblanke Gefieder dieses urweltlich männlichsten Göttertieres besungen wird. Aber das ist fürs Gehen zu schwer, bleibt offen, ich sage eine neue Strophe.

»Im Moos die kleinen Hahnen
Anspringen zum Turnier,
Scheu kreischen Brutfasanen –«

Genug. Es ist Föhnlage, ich brauche nicht zu arbeiten. Nun war ich, im Anstieg, ebenso heiß wie heiter geworden. Das Schwitzen tat wohl wie ein warmes Bad. Selbst das Gefühl der Anstrengung in Kreuz und Waden, der harte Druck von Wegsteinen durch die Schuhsohle, steigerte ein allgemeines, großes, leib- wie seelenhaftes

Wohlbehagen. Immer war mir klar, daß es keine sinnvollere, bessere, dem menschlichen Organismus gemäßere und zuträglichere Art der Fortbewegung und der Bewegung überhaupt gibt, als das Gehen zu Fuß, Schritt vor Schritt, und bei Autofahrten beneide ich den Wanderer mindestens ebenso, wie der den Fahrer beneiden mag. Alles, was ich ringsum sah, glitt in entzückender und eindringlicher Wechselfülle über meine Netzhaut, ohne das Bewußtsein zu beladen. Erinnerlich ist mir nur in starker Deutlichkeit, wie sich der ziegelrote Schein von einem Stall- oder Scheunendach in den bläulichen Augäpfeln des starblinden Hofhundes spiegelte, der mich, wie immer, anknurrte. Jetzt haben alle Bauernmädchen, dachte ich, die nacktfüßig auf den Wiesen die alte Miststreu wegrechen, köstliche Beine, göttliche Hüften. Wenigstens aus der Ferne. Und wer könnte mich zwingen, sie aus der Nähe zu betrachten? Es ist Föhnlage, dachte ich beglückt, und trudelte vor mich hin.

Dabei beobachtete ich recht genau, wie weit Gras- und Blumenwuchs, Busch- und Baumknospung überall schon standen – schaute nach Bachkresse und Hopfenschößlingen aus, fand unter altem Laub zwei eßbare Morcheln, sah, daß der Bärenlauch auf einigen Wiesenzungen schon saftgrün und knofelstinkend prangte, und daß in manchen Gräben, die ich überschritt, die Kröte zu laichen begann. Schließlich, schon ziemlich hoch im Wald, zog ich an einem offenen Steilhang Schuhe und Strümpfe aus, setzte mich auf einen moosigen Steinklotz und ließ die Beine ins Wasser des klaren Bergbachs hängen. Die Kühle zog allmählich in meine Glieder, schon lief ein leiser Schauer über die Haut, aber ich konnte lange nicht von dem Wasser und seinem nymphisch wandelbaren Wesen los. Es schwatzte und murmelte gnomenhaft.

Droben auf dem Gipfel des kleinen Waldberges begegnete mir etwas Merkwürdiges. Da ist eine schmale Wiese zwischen Mischwaldrändern, echte Tannen und Rotbuchen, auch vereinzelte alte Eichenbäume oder Eschen, hängen ihr Gezweig über die noch falbe, herbstalte Grasnarbe hinaus. Wir waren müde und hatten uns auf dem Boden ausgestreckt – meine drei Hunde und ich. Mit dem Rücken war ich an einen Baumstamm gelehnt. Zwischen halbgeschlossenen Lidern sah ich das braungrüne Gewoge der tieferen Waldwipfel, das weite Tal unter mir und gegenüber die helle, schneebedeckte Gebirgskette. Seitlich an den Rändern der Wiese, von Enziansternen und wildem Krokus umblüht, lagen auch noch vereinzelte Schneeplacken. Meine Stiefel dampften in der Sonne, denn wir hatten beim Aufstieg zum Schluß noch knöcheltief durch den Schnee waten müssen. Der Wind, der manchmal in lauen Wellen heraufstrich, kraftlos und mittagsmüde, war über sehr viel nackte Erde und keimendes Wurzelzeug gelaufen. Er schmeckte danach. Die paar welken Blätter vom Vorjahr, die er lässig aufwir-

1960

belte, konnte man leicht mit den da und dort umhertaumelnden frühen Schmetterlingen verwechseln, die ebenso alt und schäbig aussahen, denn sie sind ja nicht, wie man vielfach glaubt, jung ausgekrochen, sondern im Starrschlaf überwintert, mit Ausnahme der gelben Zitronenfalter, die recht grelle und frisch gestrichene Flügel regten. Die glockenhafte Stille dieser Mittagsstunde wurde noch vertieft, ausgehöhlt bis zur leichten Unheimlichkeit durch den langgezogen jammernden Schrei eines Bussards, dessen langsame Kreise von Zeit zu Zeit über uns hinstrichen. Da geschah es. Zuerst knackte, prasselte es kurz und heftig ganz in unserer Nähe, wie wenn ein großes Tier durch Gestrüpp und Unterholz brechen will: aber es kam mehr von oben und hörte sofort wieder auf. Die drei Hunde fuhren empor, rissen Nase und Vorderlauf hoch, standen vor und windeten.

Auch ich riß Nase und Vorderlauf hoch, stand vor und windete, ohne zu wissen, was los war.

Auf einmal, jählings, wieder dieses Krachen und Prasseln, diesmal ganz kurz und schmetternd, gleichzeitig stürzte ein alter Eichenast wie eine riesige graubraune Schlange knorrig und schwer aus einem Wipfel dicht neben uns, schlug dumpf auf den Erdboden, rollte noch ein Stück, erstarrte. Einiges Gezweig und Altlaub prasselte nach. Dann war es wieder still.

Mir kamen nun all die dummen Betrachtungen keineswegs in den Kopf, die, wie alle dummen Betrachtungen, erst beim Nachdenken über etwas entstehen, etwa, daß ich genau so gut unter diesem, nur wenige Meter entfernten Baum hätte liegen können, und daß der Ast stärker sei als mein Kopf, und ich hatte keineswegs die an sich nicht unschöne Vorstellung eines toten Mannes am Waldrand, den drei jaulende Hunde umstehen. Nichts dergleichen dachte ich in diesem Augenblick, nur der Vorgang selbst war mir sofort ganz klar: daß dieser, vielleicht von Frucht und Bemoosung überlastete Ast im vorigen Herbst schon vom Sturm angebrochen, dann vom schweren Schnee immer mehr abgedrückt, nun in der Schneeschmelze bis zur Rinde gelockert und in der Bruchstelle vermorscht gewesen sein mag – und heute, am warmen Tag, unterm nagenden Zahn der Sonne, plötzlich durchgeknackt und heruntergefallen war. Ich dachte sonst gar nichts, veränderte auch meine Stellung nicht und war wissentlich nicht einmal erschrocken. Aber ich fühlte plötzlich, daß mein Herz klopfte. Es klopfte ganz stark. Und rasch. Ich hörte es unter dem Leinenhemd an die Rippen schlagen. Das war das Merkwürdige.

Ich legte mich wieder zurück und zündete meine Pfeife nach. Sie war noch gar nicht ausgegangen, zog aber schwach. Dann ließ ich mich etwas tiefer gleiten, daß auch der Kopf ganz auf der Erde lag. Über meinen Augen sah ich den Rauchfaden der Pfeife vor dem ungeheuren tiefen Blau des Himmels kräuseln. Ganz weit in mir schütterte etwas wie Erinnerung an einen zerschossenen Wald, berstendes Eisen zwischen Baumsplittern, jahrelanges Aufschlagen der dumpfen Todestrommel – dämmerte kurz – versank.

Immer noch spürte ich mein Herz pochen.

Ich dachte, daß ich hier unter dem Baum liege, auf einem Berg, rauchend, von der Sonne beschienen, im Garten des Paradieses, und in Freiheit, in voller, ungeheurer Freiheit, des Atmens, des Denkens, des herzpochenden Daseins.

Einen Augenblick lang wurde mir fast schwindlig – lauter stechende, kreisende Lichtpunkte hinter den Lidern.

Ich öffnete die Augen einen Spalt.

Die Hunde hatten schon wieder die Nasen auf die Pfoten gestreckt – schliefen.

Bald schlief ich auch.

Henndorf, Mitte April 1935

Wiedersehen mit einer Stadt
Aus dem Stegreif erzählt im Dezember 1968

Meine Damen und Herren, ich werde heute abend überhaupt nichts vorlesen, denn was ich vorlesen kann, das ist schon gedruckt und steht in meinen Büchern. Ich werde Ihnen einfach ganz frei weg erzählen, wie mir ums Herz ist, wenn ich Salzburg wiedersehe, was mich mit Salzburg verbindet, und ich hoffe, daß auch das sozusagen eine Lesung aus meinen Werken ist, denn das Werk, das ist der Autor, und der Autor ist das Werk. Es gibt da gar keine Trennung. Diejenigen, die also sozusagen ihr Werk von sich selber trennen und persönlich was anderes sein können als was sie schreiben, sind mir fremd und unbekannt. Wenn ich etwas schreibe, so schreibe ich es deshalb, weil ich es erlebe und weil ich es empfinde und fühle. Ich schreibe es mit Mühe, ich schreibe es mit großer handwerklicher Arbeit. Ich schreibe es unter Umständen unter einem schweren Druck und unter einer großen Anstrengung, aber unter keinen Umständen schreibe ich irgend etwas, was ich nicht selber bin. Also lassen Sie mich versuchen, freiweg zu Ihnen zu reden. Da will ich davon sprechen, was Salzburg, das ich jetzt nach einigen Jahren zum ersten Mal wiedergesehen hab, was Salzburg für mich bedeutet. Früher haben wir hier gelebt, wir haben zwölf Jahre hier gelebt in Henndorf bei Salzburg, man hat jeden Einkauf in der Stadt gemacht. Man hat die Stadt durchlaufen. Man hat schon genau gewußt, wie schön sie ist. Aber *wie* schön sie ist, hat man gar nicht so gesehen, das sehen die Salzburger auch nicht so, denn wenn man irgendwo zuhause ist und einfach von Gasse zu Gasse geht, dann guckt man gar nicht mehr hin. Man muß halt irgendwo was besorgen, oder man geht zum Peterskeller oder zum Müllner Bräustübl und guckt sich nicht weiter um. Wenn man jetzt wiederkommt nach langer Zeit, so ist plötzlich jedes, jede Wölbung eines Torbogens, jeder dieser vielen schönen Höfe, jede einzelne Architektur dieser Stadt für uns ein neues Geschenk. Es ist einfach ganz wunderbar, wenn man nur in der Altstadt hier von dem Pferdebrunnen, am Festspielhaus vorbei, wo nun auch wieder das Moderne an die altgewachsene Stadt ganz selbstverständlich eingebaut ist, als wäre es nie anders gewesen, hinübergeht durch den Petershof, durch den Petersfriedhof und auf der anderen Seite wieder zum Dom und dann zum Residenzplatz und dann wieder hinüber zum Universitätsplatz und durch die Getreidegasse zurück. Es ist von einer unbeschreiblichen Harmonie. In dieser Stadt lebt etwas, was ich sonst nur in einigen ganz auserlesenen italienischen Städten gefunden habe. Es ist aber anders, es ist verbunden mit dem absolut einmalig Österreichischen, das gleichzeitig früher einmal ein Süddeutsches war. Es war ja ein Gesamtsüddeutsches. Es war ja nicht nur das Österreichische, das erst durch das

Reich geschaffen worden ist. Es war einfach die Landschaft, das Wesen, der Geist einer süddeutschen Katholizität, die sich hier in dieser Stadt ausgedrückt, in der Gotik begonnen, im Barock ihren Höhepunkt gefunden hat. Und bis heute ist Salzburg als Ganzes, trotz gewisser kleiner Veränderungen, geblieben, was es ist. Es ist genauso schön, es ist genauso zauberhaft, es ist genauso unendlich anregend und ergreifend, wie es immer war. Für mich ist es einmal, obwohl ich da nicht geboren bin und meine Sprache eine andere ist (ich komme vom Rhein, ich komme aus Hessen), für mich ist trotzdem Salzburg, Henndorf, die ganze Umgebung einmal Heimat gewesen. Ich habe hier viele Jahre gelebt, und ich habe in dieser Zeit geglaubt, ich würde nie mehr irgendwo anders leben. Ich werde vielleicht Reisen machen, aber eines Tages wird man mich hier eingraben. Das kann ja sein. Vielleicht werde ich einmal auf einer Reise im Salzburgischen sterben, dann grabts mich hier ein. Aber es

ist nicht so vorgesehen jetzt, es ist anders geworden. Wieso das gekommen ist, das können wir heute nur noch in einer großen, gelassenen, ruhigen, menschlichen, humanen Überschau sagen. Es gibt da gar keine Klage, es gibt da auch keine Anklage mehr. Man kann entweder sagen, alle san Nazi gwesn oder keiner war ein Nazi. Es ist im Grunde heute gar nicht mehr festzustellen, es ist auch gleich. In Zeiten großer politischer Veränderungen erweisen sich einzelne menschliche Charaktere als absolut untadelig und über den Zeiten stehend und die anderen sind halt einfach Menschen, die mit ihrer Zeit gehen und die auf irgendeine Weise leben müssen, und so sind sie halt, und so geschehen die Dinge. Es gibt da auch unter anderen Umständen, wie wir sie heute in anderen Ländern wieder erleben, sehr schwer eine Unterscheidung zwischen dem, wie der Mensch sein sollte, und wie der Mensch ist. Ich bin ein Mann, der niemals den sogenannten deutschen Idealismus, der auf Kant und Schiller zurückgeht, sehr geschätzt hat: der von dem Menschen verlangte, daß er anders sei als er ist. Für mich besteht der im Grunde genommen auf die Griechen zurückgehende und von Goethe und in der Zeit Goethes wieder belebte Realismus darin: den Menschen so zu sehen, wie er ist. Der Mensch ist das Maß aller Dinge, aber gleichzeitig gibt es ein Maß, das über ihm steht, man kann ihn nicht ändern, man kann nur die Umstände, unter denen er lebt, verbessern. Infolgedessen kann man nicht mit dem Einzelnen rechten, man kann nur die Menschen so sehen, wie sie sind. Und was der Schriftsteller, der Dichter tun kann, das ist nicht etwa Moral predigen oder eine neue Doktrin, ein Dogma mit aller Gewalt durchsetzen, das versuchen ja manche Dichter und Schriftsteller. Mein Gefühl von der Sache ist ganz anders. Was kann ich? Ich kann die Welt sehen. Die Welt besteht für mich vor allem aus Natur, auch der Mensch ist ein Stück Natur. Die Welt ist ein

Ganzes, die Welt ist ein Gesamtes, dessen Dimensionen uns unerkennbar sind, von denen wir aber wissen, daß sie über unsere Erkenntnisweite hinausgehen. Etwas von dieser Welt zu erspüren, zu erahnen, wiederzugeben, den Menschen darzustellen, das ist alles, was dem Schriftsteller möglich ist, und wenn es ihm gelingt, dem Menschen gleichzeitig etwas mehr Selbstvertrauen, etwas mehr Zutrauen, in seine Natur, in das Bessere, das in ihm steckt, zu geben – in diesem Kampf, in den der Mensch verstrickt ist, seit er das erste Wort gesprochen hat, dem Kampf zwischen den teuflischen und den göttlichen Mächten, sich vielleicht mehr den göttlichen zu- und von den teuflischen abzuwenden. Nur dazu wird geschrieben, wird Kunst gemacht, wird Schönheit geschaffen. Schönheit – es ist subjektiv, was jemand als schön empfindet. Aber ich glaube, es gibt ein tiefes Grundgefühl, das hat man, wenn man ein besonders schönes Tier sieht, eine Pflanze, auch einen schönen

Menschen, und wenn ein Vers gelungen ist und wenn eine Musik erklingt, ob sie nun modern ist oder nach einer früheren Harmonik. Was schön ist, ist etwas, was letzten Endes der Mensch nur spüren kann, niemals ganz genau definieren. Aber die Kalokagathie der Griechen, welche bedeutet, das Schöne und das Gute, kalos ist schön, agathos ist gut. Das Schöne und das Gute sollen eigentlich das gleiche sein. Es ist das Ideal, das uns bleibt, auch wenn wir es nicht als erfüllbar, sondern nur als eine in uns lebende Forderung empfinden können.

Und jetzt will ich mit all diesen Sachen aufhören und nur noch von Salzburg und von Henndorf reden. Henndorf und Salzburg sind für mich viele Jahre Heimat gewesen und dieses Heimatgefühl ist geblieben. Wenn ich heute hierher komme, so finde ich viele Menschen nicht mehr, mit denen ich viele Jahre hindurch innigst befreundet war. Ich muß auf den Petersfriedhof zu ihren Gräbern gehen, und ich schäme mich nicht

1940

zu sagen, daß mir dort jedesmal die Tränen kommen, weil ein Stück meines Lebens dort mitbegraben ist, das doch immer lebendig bleibt. Henndorf, Salzburg, das Salzkammergut, die ganze Gegend – ich gehe über landesgeographische oder politische Grenzen Salzburgs hinaus. Das Salzkammergut ist schon Oberösterreich, das Innviertel auch. Für mich war das alles sozusagen Salzachland, Salzburgerland. Ich bin zu Fuß gelaufen bis auf den Gaisberg hinauf, bis auf den Schafberg hinauf, vom Untersberg nicht zu reden, und bis nach Schärding. Es gibt kaum eine Gegend, die ich hier nicht durchmessen habe. Wenn man mich heute nach drei Jahrzehnten in Henndorf aussetzt, bei Nacht, dann finde ich den Weg von einem Bauernhof zum anderen, und ich weiß ganz genau, obwohl die Bäume höher gewachsen sind, wie es vom Fuchshofbauern hinauf zum Zifanken geht und von dort über den Hasensprung zur Unteren Plaike und zur Oberen Plaike, und übers Kolomanstaferl zum Kolomansberg und von dort wieder hinunter ins Thalgau. Das ist für mich alles so, wie wenn ichs mein Leben lang immer gegangen wäre, ich würde es immer wieder finden. Wir sind im Jahr 1925 zum ersten Mal nach Henndorf gekommen. Das ist ziemlich lange her, kanns jetzt nicht gerade ausrechnen, doch, 43 Jahre glaub ich. Ich habe meine Frau in Berlin kennengelernt. Meine Frau ist Wienerin. Wir haben uns in einer Gesellschaft von österreichischen Schauspielern kennengelernt. Das waren damals alles noch ganz junge Leute, wir waren auch noch ganz junge Leute. Da war zum Beispiel eine ganz Junge, die hat in der Aufführung, mit der das Wiener Volkstheater in Berlin gastiert hat, nur zwei Sätze sagen dürfen, sie hieß Paula Wessely. Die Paula Wessely war auch an dem Abend da, und einige Jahre später, als ich schon Erfolg hatte und in Wien mein Stück ›Katharina Knie‹ gespielt werden sollte, hat sie mir geschrieben, ob sie nicht die Rolle der Katharina Knie bekommen könnte, die möchte sie so gerne spielen. Da hat mir der Theaterdirektor geantwortet, die ist noch zu jung und zu unreif. Kurzum, in Berlin habe ich meine Frau kennengelernt, eine Österreicherin, eine Wienerin, und die ganzen Österreicher haben mir als Hessen sehr gut gefallen, sie waren mir irgendwie verwandter als die Preußen. Bei uns in Mainz, wo ich herstamme, haben die Österreicher ich weiß nicht wie viele Jahre gesessen. Wie mein Vater auf die Welt gekommen ist, war Mainz noch österreichische Festung, Bundesfestung. Mein Vater hat immer gesagt, er könne sich noch erinnern, wie die Österreicher abgezogen sind. Dann habe ich nachgerechnet und habe gesagt, da warst du noch nicht vier Jahr, wieso kannst du dich da erinnern, wie die Österreicher abgezogen sind? Da hat er gesagt: ei was haben die Mädchen geweint. Daran konnte er sich erinnern. Also in Mainz ist eine gute Erinnerung an die Österreicher lebendig geblieben. Man behauptet außerdem, daß der Name Zuckmayer ursprünglich aus dem Österreichischen komme. Meine Vorfahren waren einmal Müller in Rothenburg ob der Tauber und mein Urgroßvater war Rheinmüller bei Laubenheim bei Mainz. Aber man sagt, da ja die Müller bekanntlich immer wandern, seien sie aus Österreich nach Deutschland eingewandert. Vielleicht war es also eine geheime Erbschaft, die mich nach Österreich zurückgeführt hat. Ich habe also damals meine Frau in Berlin kennengelernt, und drei Wochen später waren wir schon verheiratet. Wir waren ganz reiche Leute, denn wir hatten überhaupt kein Geld, wir hatten nur ein unglaubliches Selbstvertrauen. Meine Frau besaß einen Lampenschirm, es war allerdings ganz ein großer Lampenschirm, und ich hatte Schulden, und das ist eine gute Kapitalsanlage in jungen Jahren. Heute in meinem Alter möcht ich ja keine mehr haben. Aber damals war das sehr gut, denn bei einem Wirt, bei

dem man Schulden hat, kriegt man immer wieder was, weil er denkt, einmal wird er ja doch bezahlen. Wenn man keine hat, kriegt man gar nichts. Aber immerhin haben wir uns ein bißchen Geld ausgeliehen und haben uns hier in Salzburg getroffen, im August 1925. Das war meine erste Begegnung mit dieser Stadt, es war unsere Hochzeitsreise. Meine Frau ist zuerst nach Wien gefahren, um ihrer Mutter zu sagen, ich heirate einen Mann. Ihre Mutter hat gesagt, um Gottes willen, ja was hat er denn? Da sagte sie, Talent. Nun, das war ja kein Beweis, aber immerhin ein Kapital. Und dann haben wir uns hier getroffen und in Maxglan – ich habe heute mittag in einer Wirtschaft in Maxglan gegessen, die heißt Gewürzmühle, und gar nicht weit davon gibt es einen Gasthof, der heißt der Ganshof – und im Ganshof in Maxglan, da war unsere Hochzeitsreise. Da haben wir zum ersten Mal zusammen als junges Ehepaar gelebt, und dann sind wir von Straße zu Straße und von Gaß' zu Gaß', und ich hab gedacht, hier möchte ich gerne bleiben. Ich bin dann nach Berlin zurück. Ein Jahr später hatte ich mit dem Stück ›Der fröhliche Weinberg‹ einen Erfolg, und dann haben wir uns das Haus kaufen können in Henndorf bei Salzburg, die Wiesmühl. Die Wiesmühl in Henndorf. Heute ist Henndorf schon sehr verbaut, es ist nicht mehr dasselbe wie es damals war. Henndorf war ein ganz wunderbares kleines Dorf, in dem gleichzeitig eine eigenartige Kultur herrschte. Die Kultur war bestimmt von der Familie Mayr-Moser. Die Familie, die hier das Gabler Bräu besessen hat in Salzburg und in Henndorf draußen das alte Kaspar Moser Bräu. Dort haben wir von Karl Mayr, dem damaligen Besitzer des Moser Bräus, die Wiesmühl gekauft; dort haben wir gelebt. Ja natürlich, es sind so unendlich viele Erinnerungen damit verbunden, daß man stundenlang davon reden könnte. Da ich nun kein Manuskript mit herauf gebracht habe, will ich Ihnen doch

Geschichten erzählen. Ich will von Henndorf erzählen, vom alten Henndorf. Henndorf, wie gesagt, es ist nicht mehr das, was es war, und trotzdem, die Bauernhöfe – wenn ich hinauskomme, ich kenne jeden einzelnen noch, und weiß, wie sie früher waren; die Namen, die Henndorfer Namen, die sind mir alle noch geläufig, als wäre ich dort als Kind aufgewachsen, der Buchschartner und der Höllhuber und der Esterer und der Kumisöler und der Stallerwirt und wie sie alle waren. Mit denen hat man zusammengesessen und sein Bier mit ihnen getrunken und die Lieder mit ihnen gesungen, mit dem Roider-Fischer, dann hat man die Geschichten gehört. Da gibt es das Gut Altentann, das hat dann später einem Doktor Wehrle gehört, der hier in Salzburg ein berühmter Arzt war. Es gibt sicher verschiedene unter Ihnen, die ihn noch gekannt haben. Der Doktor Wehrle, der gehört leider auch zu denen, die wir nicht mehr lebend getroffen haben. Damals hat er das

Gut Altentann gekauft. Das ist eine alte Wasserburg, von einem ringförmigen Teich umschlossen, wie auf eine Insel gebaut, und von einem großen Landgut umgeben. Dann gab es das Schloß Sighartstein bei Köstendorf, und die Ruine Lichtentann, dort war die Försterei. Der Förster hieß Zöllner, das fällt mir jetzt auch wieder ein, und alle diese Wege, die bin ich hundertmal gegangen. Es gibt da nichts, was mir nicht mehr vertraut ist. Die Familie Mayr-Moser, die hatte früher schon das Wirtshaus gehabt. Das Gasthaus in Henndorf steht, man sagt, seit dem Jahre 800. Es kann sein, daß es stimmt, vielleicht hat es auch erst später gestanden. Es ist sicher öfters abgebrannt und öfters wieder aufgebaut worden. Aber im Anfang des 19. Jahrhunderts, in der napoleonischen Zeit, war die Familie noch nicht sehr wohlhabend. Sie war einfach eine Gastwirtsfamilie, und da gab es eine alte Moserin, eine Moserwirtin, das war eine gescheite Frau. Damals haben die Franzosen die sogenannte

Assignatenwirtschaft eingeführt und haben im Lande anstelle baren Geldes Assignaten ausgegeben, die keiner haben wollte, aber die alte Moserwirtin, das war die Urgroßmutter von unserem Freund Karl Mayr, die hat alles aufgekauft, was es an Assignaten gegeben hat, und später, als die Franzosen dafür gutstehen mußten, hat sie plötzlich ein Vermögen gehabt. Da hat sie Altentann gekauft, hat das Gasthaus erneuert und schuldenfrei gemacht, da hat sie eine große Landwirtschaft dazugekauft, und seitdem regierte dort die Familie Mayr-Moser, aus der kein Geringerer als der größte österreichische Bassist, der sicher auch heute noch unvergessene Kammersänger Richard Mayr, hervorgegangen ist. Der Mann, der in Richard Straussens ›Rosenkavalier‹ den Ochs von Lerchenau kreiert hat und der der beste Rocco war im ›Fidelio‹, der beste Leporello, den ich je gesehen habe. Ein ganz wunderbarer Schauspieler und Sänger, der aus dieser Familie hervorgegangen ist.

Kurzum, diese Familie hat dort in Henndorf eine Art Fürstentum gegründet, das auf die Assignatenzeit zurückging, und dann haben sie eben Kultur ins Dorf gebracht. Die alten Bräuknechte, die wir noch gekannt haben, erzählten viel von dem berühmten »Herrn Bräu«, Kaspar Moser, mit dessen Tod das Bräu eingestellt wurde. Man hat das Bier anderswoher, von Stiegl oder von Gösser bezogen, aber das Renommee des Bräus war noch da, und alle die schönen und wunderbaren Legenden und Geschichten, die sich um die Familie Mayr-Moser gerankt haben, die haben noch gelebt. So erzählte man, wie der Kaspar Moser ein junger Mensch war, ist einmal ein Fürst, ein Prinz, was wars für einer?, vermutlich ein deutscher Prinz, ein Erbprinz eines deutschen Fürstentums, ist als Studienfreund von Kaspar Moser nach Henndorf gekommen. Der alte Förster, der damals lebte, der hat drei hübsche Töchter gehabt. Der Prinz hat sich in die eine verliebt und hat gesagt, ja vielleicht heiratet er sie, und der Kaspar Moser hat dann sofort gesagt, dann nehme ich die andere. Die dritte mußte auch einen haben, das war dann der Forstgehilfe. Und die drei Paare haben immer zusammen getanzt und sich des Lebens gefreut. Im Frühling gabs dann die Schnepfenjagd in der Au, und im Herbst gabs die Hirschbrunft, man hat schön gelebt. Auf einmal, wie in dem Stück ›Alt Heidelberg‹, ist ein Minister gekommen und hat dem Prinzen gesagt, dein Vater liegt im Sterben, du mußt nach Hause, du mußt das Fürstentum übernehmen, du mußt eine Prinzessin heiraten, Schluß mit der Försterstochter, und schon war der Prinz davon. Schon hat der Kaspar Moser auch die Verlobung gelöst, und der einzige, der an seiner Försterstochter hängengeblieben ist, war der Forstgehilfe. Das ist so eine der Geschichten aus dem alten Henndorf. Unvergeßlich sind mir die Musik, die Lieder, die Volkslieder. Immer haben sie um uns herum geklungen. Die Mayr-Brüder haben sie gesungen. Das Volk hat sie damals auch noch gesungen, wie das heut ist, weiß ich nicht. Aber ich denke noch daran, wenn der Roider-Fischer mit seiner Plätten abends herausgefahren ist auf den See, und ich hab auf meiner Landungsbrücke gesessen und hab den Sonnenuntergang angeschaut. Da hab ich ihn immer singen hören »Überführn, überführn, schreit die klein' Fischerdirn, überführn, überführn, schreit die klein' Dirn«. All diese Lieder sind in uns eingegangen. Das ist jetzt um die Adventszeit, um die Weihnachtszeit besonders schön, sich dieser Lieder zu erinnern. Am Weihnachtsabend sind bei uns immer die Kinder gewesen. Die meisten Kinder von Henndorf. Meine Frau hat wochenlang mit ihnen geübt, ein Weihnachtsspiel, und das fing an mit den Worten der Evangelisten, und da war der kleine Sohn vom Titibauern. Der Titibauer war oben am Wald, und sein Sohn hat so ausgesehen wie ein Evangelist, und hat auch gut sprechen können. Der hat

immer den ersten Evangelisten gemacht, aber manchmal ists ihm doch ein bisserl schwer gefallen mit dem Text. Da hat er dagestanden und hat die Schwurfinger gehoben und hat gesagt: »Im Anfang war das ... Wort und das Wort war bei ... Gott und Gott war das ... Wort und das Wort ist Fleisch ... geworden und hat unter uns ...« (und dann gings nicht weiter, und dann hat man gesagt »gelebt, gelebt, gelebt«) ... »ja, ja, glebt hats scho«. Und dann haben wir dieses schöne Lied gesungen, von dem ich immer behauptet hab, es ist von Mozart komponiert, aber in Wirklichkeit hat es der Mozart vermutlich genauso als Kind gehört wie wir anderen: »Still, still, still, weils Kindlein schlafen will«. Das ist für mich eine Mozartsche Melodie. Ja, was kann ich noch erzählen? Henndorf war einfach für uns ein Paradies. Ich habe meine Ruhe gehabt, ich habe dort mehrere Stücke geschrieben, unter anderem den ›Hauptmann von Köpenick‹ und vieles andere. Ich wollte immer ein Buch schreiben, ›Die Henndorfer Chronik‹, und wollte darin alle Geschichten aus Henndorf erzählen. Dazu ist es nie gekommen, es hat sich dann zu einem Bändchen, zu einer Erzählung ›Der Seelenbräu‹ kondensiert. Aber jedenfalls, für uns war Henndorf der Inbegriff des Friedens, der Ruhe, der Sammlung und dann auch der Nachbarschaft zu den Künsten, denn es waren ja nur 16 Kilometer für mich zu Fuß, für meine Frau mit dem Wagen, bis nach Salzburg und da hat man ja nun, wenn man wollte, die ganze Welt getroffen. Diese wunderbaren Aufführungen der damaligen Festspiele! Die heutigen sind bestimmt nicht schlechter und der Karajan ist auch kein Hund. Aber für uns ist doch die Erinnerung an den Maestro Toscanini und an Bruno Walter, wenn er in einem kleinen Saal die Sängerin Lotte Lehmann zur ›Dichterliebe‹ begleitet hat – das sind unvergeßliche Eindrücke. So war dieses Salzburg für uns fast mehr als Berlin, und Berlin war damals doch die Weltstadt, die künstlerische, kulturelle Hauptstadt Europas, vielleicht überhaupt der Welt. Ich glaube kaum, daß es eine Stadt mit mehr Intelligenz und Esprit gab, einschließlich des damaligen Paris, als das Berlin der zwanziger Jahre. Aber Salzburg mit seiner Landschaft und mit der Entdeckung Hugo von Hofmannsthals und Max Reinhardts, daß man die Stadt selbst als Theater benutzen kann! Mittlerweile gibt es ein prächtiges Festspielhaus. Aber im Anfang gab es nur den Domplatz, und dann das Stadttheater, ein reizendes Haus. Doch die Stadt selbst war die Szene. Man brauchte keine Dekoration, brauchte keinen Bühnenbildner. Da ist die Stadt, da tritt Jedermann auf, da kommt der Tod, da ist die Buhlschaft, da ist das große Fest, da ist die ungeheure Prüfung, der der Mensch gegenüber steht, da kommt der Glaube, da kommen die Guten Werke. Und damit will ich noch zu etwas kommen. Wir leben im Zeitalter der Ökumene, die mir persönlich immer nahe gelegen hat. Das überwirkende Christentum. Aber das Wort Katholikos heißt ja bereits in seiner Urbedeutung das Allgemeine, das Übergeordnete, das Alleszusammenfassende, katholisch heißt ja nicht eigentlich römisch, sondern heißt vom Ursprung her allgemein weltumfassend gläubig, und die große göttliche Natur der Welt zu erfassen und zu verstehen, das ist im Grunde »katholikos«, und in diesem Sinne empfinde ich Salzburg als eine katholische Stadt. Meine Heimatstadt Mainz hat in dieser Beziehung ganz ähnliche Züge, die auf die Römerzeit, auf die ursprünglichste Christenzeit zurückgehen, und dadurch fühlte ich mich hier besonders zugehörig. Es ist eine Stadt, die klein ist, die auch kleinstädtisch ist, die selbstverständlich wie jede Kleinstadt auch die Fehler der Kleinstadt hat, eine gewisse Kleinbürgerlichkeit, das gibt es überall. Gleichzeitig ist in dieser Stadt etwas vorhanden, was Europa und die Welt bedeutet,

Jedermann

das ist in ihrer Struktur, in ihrer Architektur, in ihrer Kunst, in der Musik, die von hier ausgegangen ist, in dem, was heute hier an Musik noch empfunden und erlebt wird, das ist in ihrer Poesie. Es hat den bedeutendsten österreichischen Lyriker der modernen Zeit, Georg Trakl, hervorgebracht. Hofmannsthal, Österreichs nobelster Literat, hat Salzburg gewählt, als die Stadt, in der er am besten sein Theater machen konnte. Und in diesem Sinne möchte ich sagen, ich glaube, daß wir hier an einem Ort stehen, wie es wenige in der Welt gibt, die ein Geheimnis in sich haben, ein Schicksal, und dessen müssen sich die Menschen, die hier leben, bewußt sein, dessen müssen sie würdig sein. Wer hier lebt und durch die Stadt geht, auch wenn er nur einen Selleriekopf auf dem Kollegienmarkt kaufen will, soll nie vergessen, die Kirche anzuschauen und auch hinein zu gehen, und das Schatzdurchhaus anzuschauen mit seinen schönen Bogen, er soll nie vergessen, den Pferdebrunnen anzuschauen. Er soll nie vergessen, was es bedeutet, wie die Stadt zwischen Mönchsberg und Nonnberg eingeschmiegt ist wie ein Kind in die Arme einer Mutter, und gleichzeitig behütet wie von einem Vater, von der Festung. Und schließlich kann man dann immer noch im Müllner Bräustübl in die bayrische Ebene hinausschauen und sagen, gut, laßt auch die Bayern leben und gönnt ihnen eine Maß. Jedes Wiedersehen mit Salzburg, und besonders das diesjährige, nämlich in der Adventwoche, in der Stille, ohne die großen Aufregungen der Festspielzeiten und ohne die vielen Fremden und ohne all das – dieses Salzburg in der winterlichen Ruhe, in der Stille, in dieser Überdachtheit von einem grauen Himmel, das ergreift und berührt mich so wie kaum eine andere Stadt der Welt. Ich bin heute nicht mehr in Österreich wohnhaft, es hat mich woanders hin verschlagen. Diese technische Frage des Wohnorts, ob man da oder dort lebt, ändert nichts in den Empfindungen, an den Zugehörigkeiten, die man zu Ländern und Völkern hat. Ich gehöre zu dem deutschen Volk, dem ich entsprungen bin, zu meinen heimatlichen Landesgenossen am Rhein und Main. Ich gehöre aber auch genauso zu den Österreichern, die damals in der Zeit, die für mich die fruchtbarste und die schönste war, mir das Heim geboten haben, das ich gesucht und das ich hier gefunden habe. Wenn ich nun heute Salzburg sehe, so sehe ich ganz neu, daß dieses Salzburg ja aus lauter Bögen besteht, aus lauter Torbögen, man wird immer eingelassen, sowohl der Einheimische wie der Fremde und Zugereiste. Er kommt, und überall öffnet sich ihm ein Bogen. Es gibt kaum ein Haus, keinen Bäckerladen, keine Wirtschaft, keine Kirche, keinen Platz, keinen Hof, der nicht von einem jener wunderbaren, in einer erlesenen Proportion geschaffenen Bögen gerahmt ist. Und durch diese Bögen tritt man ein. Sogar die Kirchhöfe – wie der Petersfriedhof und Sankt Sebastian – empfangen einen mit Bögen wie ein gutes Heim, ein gutes Haus, wo auch gut sein und gut ruhen ist. So ist dies in Salzburg: in dieser Stadt geht man immer hinein und man geht ungern wieder heraus. Etwas von einem bleibt immer hier zurück. Mehr kann ich nicht sagen, ich habe, glaube ich, jetzt mir vom Herzen geredet, was ich heute abend zu sagen wünschte. Ich weiß nicht, ob es Sie enttäuscht hat, daß ich nicht aus meinen Büchern vorlese, aber die kann ja jeder selbst lesen. Ich dachte, es ist Ihnen vielleicht lieber, einen Menschen, der nun wieder einmal hierher gekommen ist, einfach aus der Fülle seines Herzens, seines Gefühls und seines Inneren sprechen zu hören, zu Euch Salzburger Freunden, als ein Freund Salzburgs. Gute Nacht.

W. G. SEBALD

Die Beschreibung des Unglücks

Zur österreichischen Literatur von Stifter bis Handke

Stifter, Schnitzler, Hofmannsthal, Kafka und Canetti, Bernhard, Handke, Ernst Herbeck und Gerhard Roth werden in diesem Buch anhand von ebenso exemplarischen wie originellen Analysen vergegenwärtigt. Damit werden Tiefenströmungen der österreichischen Literatur der letzten anderthalb Jahrhunderte ausgelotet, die der offiziellen Literaturgeschichtsschreibung oft genug entgangen sind. Klassische Themen der Fallbeschreibung, wie Narzißmus, latente Homosexualität, inzestuöse und fetischistische Phantasie, Hysterie, Melancholie und Komplexionen wie Schizophrenie und Paranoia rücken dabei häufig ins Zentrum der Diskussion. Da die Analysen jedoch an spezifischen Texten festgemacht sind, steht der Versuch, den ästhetischen Strukturen gerecht zu werden, durchaus ebenbürtig neben dem pathographischen Ansatz. Als Resümee ergibt sich unter anderem, daß der Wahrheitsgehalt eines Textes den Interferenzpunkt markiert zwischen einer Sehnsucht nach dem Illegitimen und dem Bedürfnis nach Legitimität. Der extremen Spannung zwischen diesen Polen, die durch keinen Kompromiß auf die Dauer aufzuheben ist, entspricht es, daß die besondere literarische Phantasie, die hier bestimmt werden soll, ihre Inspiration vorab aus dem bezieht, was sie selbst – schreibend – als letzte Dinge auffaßt.

Residenz Verlag